MISCELLANÉES POÉTIQUES

L'ENFANT ET LA BILLE

FABLE

Une mère, voulant amuser son enfant,
D'une bille à ses pieds faisait rouler l'ivoire.
Sitôt l'enfant, criant déjà victoire,
Pour saisir le joujou court d'un air triomphant.
Mais sa maman donne un coup à la boule,
Qui de nouveau s'enfuit et roule,
Et l'enfant n'a rien pris. Il repart à l'instant
Et n'est pas plus heureux. Mais, après un quart d'heure
D'efforts toujours trompés, le marmot crie et pleure.
Certe, il ne sera pas content
Qu'il n'ait le bel objet, et la maman docile
Lui rend enfin la victoire facile:
La bille est sous sa main et ne peut échapper.
Mais le bizarre enfant, la voyant immobile,
Lui donne un coup de pied, et court pour l'attraper.

Nous sommes cet enfant; son humeur est la nôtre.
Le travail est fatigue et le repos ennui.
A-t-on fini sa tâche, on en commence une autre:
Nous chassons le repos pour courir après lui.

COLÈRE D'UN GASTRONOME

ODE *pindarique*

Dans la fureur qui me possède,
Qu'on craigne d'aigrir mon malheur.
O Jupiter, à qui tout cède,
Entends les cris de ma douleur.
J'implore en ce jour ta puissance :
Je voudrais punir l'insolence
D'un gueux qui trouble mes repas.
Prête-moi les feux de ta foudre,
Ou descends pour réduire en poudre
Le plus fripon de tous les chats.

Vingt fois dans les plaines du vide
Le char du jour avait erré
Depuis que mon palais avide
De toute carpe était sevré.
Mais, par un beau coup de fortune,
Hier un pêcheur en prit une,
Qu'il étendit dans son panier.
Or, ce midi j'en fais l'emplette
Et, sans tarder, pour qu'on l'apprête,
Je la livre à mon cuisinier.

Le cristal d'une onde épurée
Reçoit ma carpe au même instant,
Et bientôt sa chair préparée
Frémit sur un brasier ardent.
Vite l'artiste culinaire
Compose une sauce légère
Pour ce poisson délicieux,
Et vite je veux qu'à ma table
On serve ce mets délectable
Que dévorent déjà mes yeux.

Un chat... (je tremble, je frissonne)
Près de la porte était blotti,
Et là, n'étant vu de personne,
Il méditait un coup hardi.
Il savait son métier, l'indigne;
Car bientôt ce brigand insigne,
Se gardant bien de miauler,
Vient, happe ma carpe, l'emporte,
Gagne furtivement la porte,
Et commence à se régaler.

Dieu!... je m'aperçois de l'audace
De ce traître, hélas! trop adroit.
Je cours, je vole sur sa trace;
Le coquin monte sur le toit.
Va, fuis, animal que j'abhorre;
Garde ma carpe et la dévore:
Puisse-t-elle t'empoisonner.
Oui, morbleu, qu'il meure, qu'il crève,
Le méchant matou qui m'enlève
Le meilleur plat de mon dîner.

A moi, démons, troupe infernale;
Empoignez ce maudit voleur.
Que du supplice de Tantale
Il subisse toute l'horreur.
Qu'il éprouve une faim canine
Et la rage de la famine
Au milieu de mets abondants;
Qu'il soit entouré de limandes,
De soles, de carpes friandes
Échappant toujours à ses dents.

LES DEUX INCONNUS

FABLE

Une assemblée assez bien composée
(De gens riches, s'entend) causait, l'hiver dernier,
Autour d'un immense foyer
En demi-cercle disposée.
On vit entrer dans le salon
Deux inconnus, du moins tels pour la compagnie,
Mais bien connus du chef de la maison.
Aussitôt place au cercle avec cérémonie,
Enfin les charges du bon ton.
L'un des deux, beau, pimpant, bref en fine toilette,
Aux hommes ses voisins accorde en souriant
Un regard orgueilleux qui semblait bienveillant,
Et lance à sa voisine une œillade indiscrète,
Et le tout sans façon:
C'est le bon air, dit-on.
L'autre, proprement mis, mais privé de manières,
N'osait risquer le moindre mot.
Aussi, par mille raisons claires,
Est-il bientôt jugé par nos têtes légères
Pour être enfin ce qu'on appelle un sot.
On n'a donc des égards que pour l'homme à la mode,
Qui, tout enflé de voir de son côté
L'œil de chacun sur lui seul arrêté,
Parle haut, interrompt, tranche d'un air commode,
Et cependant n'a pas le sens commun.
Il parut moins joli, bientôt il sut déplaire,
Et finit par être importun.
L'homme simple avait pris une route contraire;
Non qu'il eût seulement le talent de se taire,
Mais de plus il savait prêter
A tout ce qu'on disait l'attention sévère
D'un avocat au récit d'une affaire;
Il savait écouter.

Celui qui nous écoute est bien près de nous plaire.
Or, s'il a paru sot, il ne semble plus tel,
Et, hors notre élégant, on voit dans son silence
Un silence spirituel.
Mais on le fit parler; il prit de l'assurance,
Et chacun admira sa modeste éloquence.

Dans le monde, le fat gagne en première instance,
Mais le savant gagne en appel.

LES PAPILLOTES

RONDEAU

En papillotes? bon! — C'est comme je te dis:
Ma femme, mais ce fut par pure inadvertance,
Déchira trois billets de la Banque de France,
Et s'en papillota. — Charmant, à mon avis.
— Merci! trois mille francs! — Mais, dans cette occurrence,
Qu'avez-vous fait? — D'abord j'ai jeté les hauts cris.
Enfin de ses cheveux ma femme, avec prudence,
A tiré les billets, et me les a remis
En papillotes.

— Puis après? — A la Banque alors je me rendis;
Des billets lacérés je touchai l'importance.
— C'est heureux. — C'était juste. — Eh bien, pour moi, je pense
Qu'il faut de l'aventure être fort peu surpris:
Car les femmes, mon cher, mettent, dans tous pays,
La fortune de leurs maris
En papillotes.

VAINA

(MADAGASCAR)

Une mère, étouffant les plus doux sentiments,
Traînait vers le rivage où s'embarquaient blancs
Sa fille pour la vendre.
Vaïna tout en pleurs doucement murmurait.
Pâle et pleine d'effroi, Vaïna s'écriait
De l'accent le plus tendre :

« O ma mère! je meurs..... Dans tes bras soutiens-moi.
Va, ne me livre point, garde-moi près de toi.
Prends pitié de mon âge.
Si je te dois la vie, ajoute à ce bienfait:
Permets que je sois libre. Hélas! qu'ai-je donc fait
Pour subir l'esclavage?

« Oublierais-tu déjà les soins de mon amour?
Quand tu dors exposée à la chaleur du jour,
Je défends ton visage
Des insectes ailés qui troublent le sommeil,
Et pour te garantir des ardeurs du soleil
Je courbe le feuillage.

« Oh! que fais-tu, ma mère? Avec l'or suborneur
Qu'on t'a promis pour moi crois-tu trouver un cœur
Qui t'aime davantage?
Quoi! tu veux loin de toi m'exiler pour toujours?
Ma mère..... ah! ne vends pas de tes tendres amours
L'unique et triste gage! »

Inutiles accents! comme un timide agneau
La victime est livrée et part sur le vaisseau.
Dans sa douleur mortelle,
Elle pleure devant l'équipage attendri ;
Elle pleure, en partant, son pays si chéri
Et sa mère cruelle.

LES DEUX CHEVAUX

FABLE

Dans un chemin glissant, sous la neige engagé
(Car c'était en saison où règne la froidure),
Deux chevaux de forte encolure
Traînaient péniblement un chariot trop chargé.
« Allons, se disait l'un, bien qu'il fût tout en nage,
Allons, ne perdons pas courage :
Mon voisin se fatigue, il faut le soulager. »
Mais, soigneux de se ménager,
L'autre cheval ne tirait guère.
« Après tout, disait-il, parlant à sa manière,
Aurais-je plus d'avoine et meilleure litière
Si j'allais ici m'échiner?
D'ailleurs il fait glissant; je pourrais me donner
Un écart. Mais silence, allons sans nous gêner.
Mon frère? Ah! qu'il s'arrange! Il se tue, il s'entête.
Oh! bien, tant pis pour lui. Ne soyons pas si bête. »
Ainsi parle tout bas l'égoïste animal,
Sans prendre aucun souci. Mais las! l'autre cheval,
Exténué, rendu, vainement se démène.
Bref, moitié mort, il s'abattit.
Son ingrat camarade alors se repentit:
De traîner la voiture il eut toute la peine.

Dans une tâche à deux prends un labeur égal,
Pour n'avoir pas un jour à toi seul tout le mal.

MOT D'UN MAÇON

Glissant sur son échelle, un maçon, vers le soir,
Tomba, sans se blesser, sur un pavé peu tendre.
Il s'écria, sans s'émouvoir :
« Aussi bien je voulais descendre. »

LE MARIAGE IMPROMPTU

CONTE

Depuis longtemps un maréchal ferrant
Faisait la cour à jeune couturière,
Et, beau garçon, il parvint à lui plaire.
Puis il l'obtint de Thomas, son parent.
Le jour fixé l'on appelle un notaire :
« Allons, monsieur, un contrat à dresser
De nos accords passez vite écriture. »
L'homme de loi sitôt de se presser.
Mais des conjoints il faut la signature,
Et tout à coup du terrible contrat
Un point fatal déplaît à la future.
Lors grand débat; on crie et même on jure.
Tout est rompu. Pour finir le combat,
Le maréchal, que le courroux enflamme :
« Je ne veux point d'une méchante femme,
Dit-il tout net. Juste ciel! quel sabbat!
Notre grisette enfin sort en colère :
« Adieu, bonsoir. » Le désolé notaire
Dans tout cela ne voit pas son affaire.
Mais l'épouseur, qui n'était pas un sot :
« Battons, dit-il, le fer quand il est chaud.
C'est une horreur! Ah! pour punir l'infâme,
Je saurai bien trouver une autre femme.
Attendez-moi, je reviendrai bientôt. »
Il dit et sort. Il voit une servante
Non loin de là, jolie, appétissante.
Il court, il est près d'elle en un moment :
« Êtes-vous douce?— Hein, quoi?— Eh bien?— Comment?
— Êtes-vous douce? — Oui, monsieur. — Êtes-vous sage?
— Oui. — Voulez-vous tâter du mariage?
— Oui-da, monsieur, mais avec qui? — Votre âge?
— Vingt-deux ans; mais... — Comment me trouvez-vous?
— Qui? vous? — Oui. — Bien. — Je serai votre époux.
Venez, mon cœur. — Monsieur, dit la pauvrette,

Ne faut-il pas faire un brin de toilette?
—Demain, demain; le contrat est dressé,
Et puis d'ailleurs le notaire est pressé.
Mais à propos, votre nom? — Isabelle.
— Et moi, Julien, et suis un bon enfant.
Prenez mon bras et partons maintenant. »
Et cric et crac, il emmène la belle
Tout étourdie: on le serait à moins.
Bref, le notaire, assisté des témoins,
En un clin d'œil a bâclé cette affaire,
Et les époux ont enfin par leurs soins
Un passe-port pour l'île de Cythère.

LA FEMME

RONDEAU

C'est une femme, oui, c'est cet être aimable
Qui d'un souris couronne nos succès,
Qui du bon goût est juge irrécusable,
Qui, toujours tendre et sensible à l'excès,
Pour ses enfants paraît infatigable.
Quel ange encor, jusqu'à notre décès,
De nos douleurs adoucit les accès?
Quelle est enfin l'idole des Français?
C'est une femme.

Souvent poussé d'un intérêt coupable,
A son ami l'homme intente un procès :
Un ami vrai chez l'homme est introuvable.
Mais l'amitié chez le sexe est plus stable :
Soyons-en sûrs, un ami véritable,
C'est une femme.

LA MONTRE ET LE CADRAN SOLAIRE

FABLE

Une montre, oubliée au milieu d'un parterre,
Se trouvait par hasard près d'un cadran solaire.
En cet instant ce cadran attendait,
Pour indiquer du temps la course journalière,
Que du soleil reparut la lumière,
Qu'un gros nuage alors interceptait.

Profitant du moment, la montre vaine et fière
De son habit doré,
D'un cordon décoré,
Au modeste cadran par ces mots chercha noise:
« Dis-donc, que fais-tu là, vieille plaque d'ardoise,
Avec ton nez pointu dirigé vers les cieux?
De chacun, comme moi, crois-tu charmer les yeux?
Le beau bijou! Mais parle; es-tu vainement utile?
Dès que quelques vapeurs te dérobent Phébus,
Ton aiguille ne marque plus.
Tu n'es toute la nuit qu'un instrument stérile,
Et le jour bien souvent on t'interroge en vain.
Moi, cependant, à répondre docile,
Je vais toujours mon petit train.
Dès qu'on me donne un tour de main,
Je marche jusqu'au lendemain.
Sais-tu l'heure en un mot? Non. Eh bien, vois, ma mie,
Il est présentement dix heures et demie. »

Quand la montre eut tout dit,
Le cadran répondit:
« Je n'ai pas, je le sais, une riche apparence;
Mais pauvreté n'est pas défaut.
Quand Phébus m'est caché, je garde le silence;
Mais parler peu vaut mieux que parler trop:
Avant d'être éclairé, se taire c'est prudence.

Habitant des jardins et ne hantant jamais
Les salons somptueux des superbes palais,
Le ciel est mon seul toit, et quelquefois j'essuie,
J'en conviendrai sans peine, ou la grêle ou la pluie.
Envers moi toutefois montrez plus de bonté.
Si je n'éblouis point, j'ai mon utilité.
En babillant sans cesse,
Vous tombez, entre nous, dans d'étranges erreurs.
Je les redresse,
Car c'est moi qui vous règle, et, malgré vos honneurs,
Vous me devez un peu de déférence.
Si je ne peux marcher qu'avec l'astre du jour,
Vous me suivez à votre tour,
Tant toujours votre allure est sous ma dépendance.
En vous parlant ainsi je vous parais hardi;
Mais tenez, justement, un rayon de lumière
En ce moment m'éclaire.
Connaissez votre erreur, il est près de midi. »

Ici deux vérités se montrent, ce me semble:
Si souvent ici-bas science et pauvreté
Font tristement société,
Il est de même vrai que, d'un autre côté,
Modestie et grandeur vont rarement ensemble.

ANECDOTE

Caron de Beaumarchais, en sortant du théâtre,
Eut querelle jadis avec le duc un tel.
Caron de Beaumarchais en reçut un cartel;
Caron de Beaumarchais refusa de se battre.
A quelque temps de là, je ne sais en quels lieux,
Il eut querelle encore avec un pauvre sire.
Sitôt nouveau défi. Caron se prit à rire,
Et lui dit : « Oh! monsieur, j'ai refusé bien mieux. »

LES DEUX CHIENS

FABLE

Mouflard aimait Pataud d'une tendresse extrême,
Et Pataud, dit l'histoire, aimait Mouflard de même.
Un jour, courant les champs, ils tinrent ce discours :
« Passés dans l'amitié, que les moments sont courts!
C'est un trésor dans l'infortune,
Dit Mouflard à Pataud. Le soleil et la lune
Nous retrouvent ensemble, et jamais les amours
N'ont fait, je pense, un nœud semblable.
La mort seule, en un mot, pourra finir le cours
D'une amitié si stable.
Qu'il est doux de trouver un ami véritable!
— En effet, qui pourrait troubler notre amitié?
Quelque joli museau, quelque jeune levrette?
Mais quitter un ami pour suivre une coquette,
Tu ne le penses pas, et cela fait pitié.
— Oh! sans doute, et de plus, si quelque chose à mordre
Se rencontre en notre chemin,
Sans procès, sans dispute, et c'est assez dans l'ordre,
Nous partagerons le butin;
Ou l'un mangera tout, car peut-on avoir faim
Quand son ami fait bonne chère?
Lorsqu'à le bien chérir on est déterminé,
En le voyant manger on a presque dîné.
— Ah! que tu parles bien! Et pourtant sur la terre
Que d'amis sont brouillés! — C'est vrai; quelle misère!
— O les fous! — O les sots! »
Cependant en causant nos compagnons cheminent,
Et tout en cheminant trouvent bien à propos
Un os.
Quelle aubaine! A leurs dents nos gaillards le destinent.
« Je l'ai vu le premier, dit Mouflard. — Non, c'est moi.
— Là, parlons doucement. Tu prétends que c'est toi?
Eh bien, si c'est ainsi, comment doit se conduire

Un ami délicat? Besoin n'ai de le dire :
Ah! quel contentement n'a-t-on pas à donner
A son ami ce qu'il désire,
Son écuelle, sa niche, et même son dîner?
— Ce n'est pas maladroit! mais voyez le compère!
J'en suis d'avis, la chose est claire;
Laissez-lui le gibier, il vous le croquera,
Il s'en régalera.
Mâtin! ce n'est pas sot. Pour couronner l'affaire,
Moi, je devrais m'asseoir et le regarder faire!...
— Pataud, je vois avec douleur
Que vous ne m'aimez point. Quelle est votre tendresse?
Égoïsme, intérêt, nulle délicatesse.
Je vous connais enfin ; vous êtes un trompeur,
Et je vais désormais vous bannir de mon cœur.
— Tu te moques de moi par tout ce verbiage.
Ah! c'est trop fort! Que veut dire ceci?
Fais toi-même, corbleu, ce que tu dis ici,
Et trêve à ce patelinage.
— Laisse là mon lopin, commence à déloger,
Car l'appétit me presse et je vais le gruger.
— D'y toucher, vieux crotté, si vous avez l'audace,
Je vous fais mourir sur la place.
— Allons, mon cher, pas si brutal;
Vois-tu, c'est en ami que je te le conseille,
Et ne viens pas à mon oreille
Tant crier, aboyeur : tu t'en trouverais mal.
— Va-t'en, vilain tondu de la plus sotte espèce,
Doucereux lèche-plat qui fais le chien couchant. »
Après maint autre trait méchant,
A coups de dents l'on se caresse.

Quand l'intérêt paraît,
L'amitié disparaît.

LE PLAT DE PORCELAINE ET LE PLAT D'ÉTAIN

FABLE

Un fripier par hasard mit sur son étalage
Un plat de porcelaine auprès d'un plat d'étain.
Bientôt le noble grès, blessé du voisinage,
Tint au plat de métal ce langage hautain :
« Hé ! dis-moi donc, meuble de la misère,
Tu dois être confus de te voir près de moi.
Ce n'est pas sans raison ; tu viens d'une chaumière,
Et moi je sors de la maison du roi.
Je suis assez touché de ton sort... Mais qu'y faire?
Si du moins on eût mis ton aspect roturier
Parmi la poterie ou la vieille ferraille,
Tu pourrais attirer les yeux de la canaille.
Mais, las ! mon pauvre ami, ton lustre est si grossier
Auprès de ma blancheur, mon éclat, ma dorure !
Va-t'en, car près de moi tu fais triste figure. »

Le métal répondit : « Si ma vie est obscure,
D'un semblant de bonté, monsieur le noble plat,
Veuillez bien m'épargner la marque humiliante;
Votre compassion est trop mortifiante.
Vous avez, il est vrai, la blancheur et l'éclat,
Un peu d'or faux couvre votre poussière;
Mais redoutez du sort l'inconstance ordinaire.
Vous n'aurez pas toujours un si brillant destin.
Dans peu de jours, peut-être avant demain,
Votre orgueilleuse porcelaine
Sera moins vaine.
Je mets dans ma réponse un peu de dureté;
Vous m'en donnez le droit; excusez ma franchise.
J'aime assez ma solidité :
Aux coups du sort j'ai cent fois résisté.
Craignez qu'un coup pareil quelque jour ne vous brise ;

Je tremble quand je vois votre fragilité.
Ne pensez pas pourtant qu'ici je vous méprise;
Je n'ai pas cette vanité!

— L'impertinent! je pense qu'il raisonne;
En vérité son audace m'étonne,
Reprit le plus doré. Comment! moi.... » Mais soudain
Un accident lui coupa la réplique :
Le marchand par malheur renversa sa boutique.
On ramassa le plat d'étain;
Mais l'autre, tout brisé, fut jeté dans la rue.

Le mépris est le lot de la grandeur déchue.

LA JUSTIFICATION D'UN VALET

« Je t'ai donné de l'or pour servir mon amour,
Et m'introduire enfin chez la belle que j'aime;
De mon rival aussi, maraud, le même jour
Tu reçus de l'argent. — Qui vous l'a dit? — Lui-même.
Quoi! nous servir tous deux! ô ciel! Tu n'as pourtant
Qu'une conscience, et partant
Tu mérites, faquin, les plus graves reproches.
— Ah! permettez, monsieur, je n'ai
Qu'une conscience, il est vrai,
Mais j'ai deux poches. »

LE MARCHÉ AUX FLEURS

De ce parterre merveilleux
Quelle est la fée enchanteresse?
C'est Flore, et l'on voit en ces lieux
Tous les trésors de la déesse.
La nature y paraît sans art;
Nulle imposture ne la cache :
Là toujours la rose est sans fard;
Là toujours le lis est sans tache.

On y voit, courbés par les ans,
D'anciens enfants de la victoire.
Hélas! ils cultivent les champs,
Les champs théâtre de leur gloire.
Là plus d'un brave est jardinier,
Et le poltron dans l'opulence
Y vient marchander un laurier
Au vieux défenseur de la France.

Paul de Lise est le tendre amant;
De Lise c'est demain la fête.
Paul au marché court promptement
Et d'un bouquet il fait l'emplette.
Ce bouquet fait par le désir,
Par le désir se fait attendre.
Paul tremble au moment de l'offrir,
Et Lise au moment de le prendre.

C'est avec raison que chacun
Ne demande toute l'année
Que des fleurs pleines de parfum
Pour en orner sa cheminée.
Quand la fleur sans odeur séduit,
De sa beauté vite on se lasse :
C'est comme un homme sans esprit,
C'est comme une femme sans grâce.

LE PARLEUR ÉTERNEL

A Pâques, l'an dernier, madame Grisouris,
Pour régaler son gendre et ses nombreux amis,
Et de tous ses parents la cohorte comique,
Donna dans son logis un repas magnifique.
Les amis étaient gais et même un peu moqueurs;
Les parents parlaient peu, comme tous grands mangeurs.
Mais on s'assied. Chacun, déployant sa serviette,
Se place gravement vis-à-vis d'une assiette,
Et, de l'odeur des rôts en secret réjoui,
Inspecte tous les plats étalés devant lui.
Le gendre cependant, achevant son potage,
Campagnard érudit, poëte de village,
Se met à discourir sur les lois, sur les vers,
Et d'un ton suffisant raisonne de travers.
Là, sans voir qu'il ennuie, il disserte, il pérore.
On attaque les plats, mais il disserte encore.
Doucement à manger on veut le rappeler;
Mais il n'ouvre la bouche enfin que pour parler.

La dame Grisouris, éprise de son gendre,
Admirait son jargon sans trop bien le comprendre;
Tandis que ses amis, obsédés du bavard,
Au diable de bon cœur donnaient le campagnard.
Mais notre bonne dame, à sa droite placée,
Ne songeant qu'à lui seul, à lui plaire empressée,
Pose sur son assiette un énorme morceau
D'un aliment connu, qu'on nomme fricandeau,
Pensant que de ce mets le fumet agréable
Tarirait du parleur le flux interminable.
Mais lui, continuant, discourait sans rien voir.
Il eût ainsi parlé du matin jusqu'au soir.
La maman toutefois, naïvement ravie
D'avoir pu sur ce point contenter son envie,
Et du gendre trouvant tous les discours divins,
Mangea sans l'interrompre, ainsi que ses voisins,

Qui sans doute étourdis des propos du poëte,
Ne le regardaient point, non plus que son assiette.

Pourtant une convive, à gauche du bavard,
Voit, en se retournant, la copieuse part
Dont l'a gratifié sa tendre belle-mère.
« Oh! bon, se disait-elle, il ferait grande chère,
Ce monsieur, s'il pouvait cesser de discourir. »
Comprimant sa gaieté de peur de se trahir,
Elle voulut sitôt faire un coup de sa tête,
Et, tandis que notre homme à babiller s'entête,
Glissa sur son assiette, en guise de rempart,
Trois gros bouts de boudin arrondis avec art;
Ensuite, et sans tarder, y mit, vaille que vaille,
Quatre rogons farcis, un quartier de volaille,
Et puis les abatis d'un pigeon en ragoût,
Et la carcasse encor pour couronner le tout.

Quel effrayant monceau de viandes entassées
Par la dame à l'instant sur l'assiette amassées!
Quant à moi, j'en suis sûr, à moins que de le voir,
Aucun de mes lecteurs ne pourra concevoir
Qu'une assiette soutienne, et sans faire naufrage,
De tant de mets divers un tel échafaudage.

La dame s'en tint là. De rire elle étouffait;
De son espièglerie elle attendait l'effet.
Mais notre babillard, emporté par sa verve,
Déraisonnait toujours, en dépit de Minerve.
Il n'apercevait rien, lorsqu'un convive enfin
Vit l'étrange trophée, et de rire! Soudain
Chacun levant la tête, un rire sympathique
Gagna de tous côtés comme un fluide électrique.
Mais qui parut confus, qui se trouva bien sot?
Ce fut le campagnard, qui ne soufflait plus mot.

Des plaisants ce bon tour excita la malice.
« Cette part, dit l'un d'eux, vaut bien tout un service;

Et si vous mangez tout, je vous fais compliment,
Monsieur, votre appétit est grand assurément.
— Mais par malheur, exprime une petite folle,
A cet aspect, monsieur a perdu la parole.
— Votre voisine à gauche, ajouta le premier,
Vous a servi, je pense, un plat de son métier;
Vous avez devant vous la corne d'abondance. »
Quant au pauvre poëte, il perdait contenance.
Il ne savait que dire; on riait aux éclats
De voir de son maintient le plaisant embarras.

Cependant à deux mains un adroit domestique
Emporta doucement l'amas gastronomique,
Qui sur notre quidam aurait dégringolé
Pour peu que du garçon les mains eussent tremblé.
M'est avis que jamais on ne vit autant rire;
On se tenait les flancs, c'était un vrai délire.
Le parleur éternel, qui pendant tout ce train
Était resté debout, la serviette à la main,
Bien qu'il fût peu content, s'en donna comme un autre
Et s'efforçait de faire ainsi le bon apôtre.
On conçoit que ce fut pour la société,
Aux dépens du bavard, surcroît d'hilarité.
Trois dames, m'a-t-on dit, que l'on trouvait jolies,
Ne pouvant résister à de telles folies,
Durent même sortir, et par là renforçaient
Tellement les éclats que nos farceurs poussaient
Qu'on a pu supposer qu'en cette conjoncture
Il était arrivé quelque mésaventure.
Mais de tant de gaieté chacun et par degré
Se calma; car enfin, à demi restauré,
Il fallait bien encor faire honneur à la table.
Rire est bon, mais manger est alors préférable.
Bref, pour avoir trop ri, l'on s'essuya les yeux;
On cessa de railler le terrible ennuyeux
Qui, voyant ses voisins de temps en temps sourire,
Grignotait tristement sans plus vouloir rien dire.

LE GASTRONOME

Monsieur Montmaur, fameux par la bombance,
Aimait surtout à manger en silence.
Dans ses repas *raisonnant* ses morceaux,
Il prohibait tout importun propos.
Or, une fois, dînant avec tristesse
Chez des amis qui discutaient sans cesse,
Montmaur leur dit en courroux :
« Messieurs, quel babil étrange !
Pour Dieu ! quand vous tairez-vous?
On ne sait pas ce qu'on mange. »

LA SERINE ET LE CHAT.

Des serins bien nourris peuplaient une volière.
Une jeune serine, à la tête légère,
Se lassant à la fin d'être ainsi prisonnière,
Voulut absolument se mettre en liberté.
Projet conçu, projet bientôt exécuté.
Un chat croqueur d'oiseaux, connu du voisinage,
Et des vieux canaris justement redouté,
Rôdait sans cesse autour du solide grillage.
Or donc, avec son bec la serine volage,
N'hésitant nullement dans ses témérités,
Fait tant qu'elle ouvre enfin la cage.
Quoi ! les sages parents ne sont point consultés?
Les parents ! vieux sermons ! la petite s'en moque.
Elle sort, et le chat vous la happe et la croque.
Ce fut l'affaire d'un moment.

Mon petit apologue est clair assurément :
La serine c'est une belle ;
La cage indique assez la maison paternelle;
Quant au chat, c'est l'amant.

LE PORC ET LE PAYSAN

FABLE

Dans une étable un porc ne cessait de grogner,
Et raisonnait ainsi dans son charmant langage :
« C'est pour nous dévorer qu'on aime à nous soigner,
Nous sommes exploités dans un but d'abatage.
De nous on fait jambon, andouille et cervelas;
Un chef met sans pitié notre corps en vingt plats.
L'homme est notre bourreau.... » Mais dans cette dispute
L'éleveur un beau jour interrompit la brute :
« As-tu bientôt fini, trop stupide animal?
Tu ne comprends donc point, toi qui gloses si mal,
Que tu n'es bon à rien, sinon pour la cuisine?
Est-ce pour tes beaux yeux et ta gentille mine
Que j'entretiens ta peau? Le joli groin, ma foi!
Quel est le charme enfin qu'on peut trouver en toi?
Ta tournure, entre nous, n'est pas très-élégante;
Tu ne grognes jamais d'une voix ravissante
Et tout ton être pue à soulever le cœur.
Mais, cuit pour aliment, tu prends de la valeur.
Comme chair à pâté tu sauras toujours plaire.
Tout cordon bleu te voue un amour culinaire.
Prends donc plaisir à vivre, et vivre sans rien faire;
Bien manger, bien dormir, voilà tout ton labeur.
Bref, c'est pour nos repas qu'on t'a donné la vie;
Et bien te prend qu'on trouve en toi maint mets friand;
Sans cela tu serais resté dans le néant.
D'élever des pourceaux aucun n'aurait envie,
Ni ne prendrait pour eux tant de soins assidus,
S'ils ne devaient un jour figurer sur la table. »

Ce sont toujours les gens, pour morale à ma fable,
Qui ne comprennent rien qui se plaignent le plus.

LES DEUX CHATTES

FABLE

Deux vieilles chattes, l'an dernier,
Se rencontrant dans un grenier,
Tinrent à peu près ce langage,
Après les compliments d'usage :
« Eh bien, quelle nouvelle? — On dit que chaque nuit,
Minon, qui te paraît si neuve et si simplette,
Donne un rendez-vous en cachette
Au beau Raton ; la chose fait du bruit.....
— Encore une !... Et Mitis ? — Mitis ? oh ! rien qui vaille ;
Même acabit. Bref, elle est sur la paille.
Elle a Grippeminaud pour galant clandestin.
Son matou légitime en est mort de chagrin.
— Connais-tu Chattemite ? — Elle renonce au monde.
D'un toit hospitalier recherchant les douceurs,
Elle demande un coin sur la machine ronde
Pour ne plus voir des chats de toutes les couleurs.
— Oh, oh ! la fine mouche ! Elle fait la discrète,
Mais soigne bien sa robe en se léchant toujours.
— On peut bien être propre et n'être pas coquette.
— Bah ! de sa patte de velours,
On la voit, se mirant dans l'eau d'une gouttière,
Se laver chaque jour le minois et les yeux.
Mais a-t-on de son poil un soin si curieux
Lorsqu'on se fait recluse et qu'on renonce à plaire ?
Bon ! la fine commère, on se le dit tout bas,
Voudrait passer pour prude et rester libertine.
Avec son air pincé, c'est une Messaline.
— Vraiment ? — C'est peu connu, j'évite les éclats :
Si ce n'était pas vrai, je ne le dirais pas.
Les cancans, par bonheur, n'ont pour moi nul appas,
Car on est charitable..... — Oh ! que dis-tu, ma chère?
On le sait.... Et Miouche ? — Elle est un peu légère.
— La folle ! quand près d'elle il passe des matous,
Elle dresse la queue et leur fait les yeux doux.

Ce petit nez morveux! croirait-on?... — Elle est mièvre
Et très-hardie.... Eh mais! j'oubliais ton époux?
— Un marmiton l'a pris. — Juste ciel! — Entre nous,
C'était un vilain gueux, un brigand, un vieux roux.
Il fut mis en civet et mangé pour du lièvre
Au carnaval. — Mon cœur partage ta douleur.
— A propos, Rodillard, cet insigne voleur,
Vient d'épouser Griffine? — O vertu sans pareille!
Pleine enfin.... Son matou (je le dis à l'oreille)
N'y comprend rien. — J'entends. — Ah! cela fait frémir.
— La vois-tu? — Non vraiment, elle est trop médisante.
— C'est un bien grand défaut; je ne puis le souffrir.
— Ni moi.... mais on le sait, qu'une de nous s'absente,
Vite à vous déchirer elle met son plaisir,
C'est une égratigneuse, et toute aimable chatte
Doit redouter ses coups de patte.
— Médire est un venin. — Vous avez bien raison,
La médisance est un poison. »

On voit beaucoup de gens médire avec aisance,
En condamnant la médisance.
Cela seul les stimule; en parole, en écrit,
La médisance est leur esprit.
Ne les guérissez pas du besoin de médire,
Car ils n'auraient plus rien à dire.

Gouchon.

2353 — Paris, imp. Jouaust, rue Saint-Honoré, 338.

www.ingramcontent.com/pod-product-compliance
Ingram Content Group UK Ltd.
Pitfield, Milton Keynes, MK11 3LW, UK
UKHW020453220726
13923UKWH00006B/2524